Anonymous

Der Kaufmann von Smyrna

Ein Lustspiel in einem Aufzuge, Mannheim 1770

Anonymous

Der Kaufmann von Smyrna
Ein Lustspiel in einem Aufzuge, Mannheim 1770

ISBN/EAN: 9783743441583

Hergestellt in Europa, USA, Kanada, Australien, Japan

Cover: Foto ©Andreas Hilbeck / pixelio.de

Weitere Bücher finden Sie auf **www.hansebooks.com**

Der

Kaufmann

von

Smyrna,

ein Lustspiel

in einem Aufzuge

aus dem Französischen des Hrn. von Champfort.

In Mannheim zum erstenmal aufgeführt

von den

Churpfälzischen deutschen Hof=Comödianten
unter der Direction

des Herrn Marchand.

Mannheim,
bey C. F. Schwan, Churfürstl. Hofbuchhändler
1770.

Personen.

Haffan, ein Türk und Einwohner
   von Smyrna.   =   =   Hr. Huck.

Zayde, dessen Frau.   =   Mad. Marchand.

Dornal, ein Franzose aus
   Marseille.   =   =   =   Hr. Groß.

Amelie, verlobte Braut des
   Dornal.   =   =   Mad. Brochard.

Kaled, ein Sclavenhändler.   Hr. Marchand.

Nebi, ein Türk.   =   =   Hr. Schmidt.

Fatme, Sclavin der Zayde.   Mlle. Rollerin.

Andre, Bedienter des Dornal.   =   Hr. Hohl.

Ein Spanier.   =   =   Hr. Escherich.

Ein Italiäner.   =   =   Hr. Brochard.

Ein alter türkischer Sclave.   =   Hr. Titke.

Der Schauplatz ist in Smyrna in einem Gar=
ten, der dem Haffan und Kaleb gemeinschaft=
lich zugehöret, deren Häuser an dem Ufer des
Meers gelegen sind.

Erster Auftritt.

Haſſan.

Man ſagt, ein vergangenes Uebel ſey nicht mehr und nicht weniger, als ein Traum. Es iſt aber doch etwas beſſer; man lernt dadurch ein gegenwärtiges Glük deſto lebhafter empfinden. Jezt ſind es zwey Jahre, als ich bey den Chriſten in Marſeille ein Sclave war; und heute auf dem nehmlichen Tag iſt es ein Jahr, als ich das ſchönſte Mädgen

in

in Smyrna heyrathete. Das ist ein
merklicher Unterschied. Ich bin zwar ein
guter Muselmann, ich habe aber doch
nicht mehr als eine Frau. Meine Nach-
barn haben ein jeder zwey, viere, fünfe
und auch sechse; worzu ist das aber? ...
das Gesetz erlaubet es .... zu allem
Glück aber befiehlt es das Gesetz nicht.
Die Franzosen haben recht, daß sie nicht
mehr als eine Frau nehmen. Ich weiß
nicht ob sie ihre Weiber lieben; ich liebe
die meinige von ganzem Herzen. — Sie
bleibt aber heute sehr lange aus, hier der
frischen Luft zu genießen. Ich lasse ihr vol-
kommen ihren Willen. Man muß die Weiber nicht so sehr einschränken. In Frankreich soll diese Freiheit von üblen Folgen
seyn... Da kommt sie.   Zwey-

Zweyter Auftritt.
Haſſan, Zayde,

Haſſan.

Du kommſt heute ſehr ſpät herunter, meine liebe Zayde.

Zayde.

Ich habe mir oben auf dem Pavillon die Zeit damit vertrieben, daß ich die Schiffe in dem Haven ankommen geſehen. Es kam mir vor, als ob heute ein gröſerer Lerm dort wäre, als ſonſt gewöhnlich. Sollten etwa unſere Corſaren Schiffe aufgebracht haben?

Haſſan.

Sie haben ſchon ſeit langer Zeit keine Beute gemacht, und die Wahrheit zu ſagen,

A 3 gen,

gen, so bin ich nicht böse darüber. Seit=
dem mich ein Christ aus der Sclaverei
erlöset, und mich meiner geliebten Zayde
widergeschenket hat, ist es mir unmög=
lich diese Leute zu hassen.

Zayde.

Und warum solte man sie hassen? Weil
sie unsern heiligen Propheten nicht er=
kennen? Unglücks genug für sie! Ich vor
meine Person bin den Christen recht gut;
es müßen recht wackere Leute seyn, sie
haben jeder nur eine Frau. Mir gefällt
diese Gewohnheit recht wohl.

Hassan (lächelnd)

Aber zur Schadloshaltung . . . .

Zayde.

Wie?   Has=

Haſſan.

Nichts. (bei Seite) Warum ſolte ich
ihr das ſagen? Würde ich ihr dadurch
nicht eine angenehme Idee rauben? (laut)
Ich habe ein Gelübde gethan, jährlich einen Chriſten aus der Sclaverei zu be-
freien. Wenn unſere Leute, auf den
heutigen Tag, welches der nemliche iſt,
an welchen wir uns vor einem Jahre verheirathet, einige Sclaven mitgebracht
hätten, ſo würde ich es als ein Zeichen an-
ſehen, daß der Himmel meine Dankbe-
gierde ſegnen will.

Zayde.

O! wie liebe ich deinen Erretter, ohne
ihn zu kennen! Ich werde ihn wohl nie-

mals

mals sehen. —— Ich wünsche es we=
nigstens nicht.

Hassan.

Sein Bildnis ist meinem Herzen auf
ewig eingepräget. Was für eine vor=
trefliche Seele! —— Wenn du gesehen
hättest! — Man kaufte einige von mei=
nen unglücklichen Gefährten los; ich lag
voller Betrübniß auf der Erde; ich dachte
an dich und seufzte. Ein Christ näherte
sich mir und fragte mich, warum ich so
weinete? Ach! rief ich aus, man hat
mich den Armen meiner Geliebten ent=
rissen, die ich anbethe! Ich war im Be=
grif mich auf ewig mit ihr zu verbinden,
und jezt werde ich entfernt von ihr ster=
ben, weil ich keine zweyhundert Zechinen
habe.

habe. Kaum hatte ich diese Worte aus-
gesprochen, als ihm die Thränen über
das Gesicht rolleten. Du bist von deiner
Geliebten getrennet? sagte er; hier, mein
Freund, da hast du zweyhundert Zechinen; kehre in dein Vaterland zurük, sey
glüklich und hasse die Christen nicht. Ich
sprang voll Freuden auf und fiel wieder zu seinen Füßen; ich umfaßte seine
Knie; ich sprach deinen Nahmen schluch-
send aus; ich bath ihn mir den seinigen
zu sagen, damit ich ihm nach meiner Zu-
rückkunft in mein Vaterland sein Geld
wider schicken könnte. Mein Freund,
antwortete er mir, indem er mich bey der
Hand nahm, ich wußte nicht, daß du im
Stande seyest mir dies Geld widerzuge-

ben.

ben. Ich habe ein gutes Werk thun wollen; ich möchte nicht gerne, daß diese Absicht dadurch vereitelt würde, daß ich dich zu meinem Schuldner mache. Du wirst meinen Nahmen nicht erfahren. — Ich wußte nicht, was ich sagen solte. Er begleitete mich bis an die Chaluppe, wo wir mit Thränen von einander schieden.

Zayde.

Möchte ihn der Himmel ewig segnen! Er wird gewiß glücklich seyn, da er ein so mitleidiges Herz hat.

Hassan.

Er war im Begrif ein junges Frauenzimmer zu heirathen, die er von Maltha abholen wolte.

Zayde

Zayde.

Wie muß ihn die nicht lieben!

Dritter Auftritt.

Haſſan, Zayde, Fatme.

Zayde.

Was bringſt du uns Neues Fatme?
Du ſcheinſt ja ganz außerAthem zu ſeyn.

Fatme.

Es ſind Chriſten-Sclaven angekommen. Der Armenianer, den ihr ſo un-
gerne zum Nachbar habt, und den ihr
ſo verachtet, weil er mit Menſchen han-
delt, hat ein Dutzend davon gekauft, und
hat auch ſchon verſchiedene wieder davon
verkauft.

Haſ-

Haſſan.

So kann ich denn heute mein Gelübde erfüllen! Ich werde alſo des Ver-
gnügens genießen, auch jemand aus dem
Elend zu erretten.

Zayde.

Wirſt du ein Frauenzimmer los kaufen, mein lieber Haſſan.

Haſſan (lächelnd)

Warum? Beunruhiget dich dieſer Ge-
danke? Beſorgeſt du etwa, daß das Bei-
ſpiel —

Zayde.

Nein, ich beſorge nichts. Ich hoffe
gewiß, du werdeſt mir niemalen einen ſo
ſchreklichen Verdruß machen. Du ver-
ſtehſt

ſtehſt mich nicht. Wirſt du denn eine Mannsperſon loskaufen?

Haſſan.

Ohne Zweifel.

Zayde.

Und warum denn kein Frauenzimmer?

Haſſan.

Weil es eine Mannsperſon war, die mich befreiet hat.

Zayde.

Und diejenige Perſon, die du am meiſten liebſt, iſt doch ein Frauenzimmer.

Haſſan.

Ja, aber ein wenig Billigkeit, meine liebſte Zayde. Eine arme Mannsperſon in der Sclaverei iſt ſehr unglüklich,

das-

dahingegen ein Frauenzimmer in Smyr=
na, in Constantinopel, in Tunis, in Al=
gier niemals zu beklagen ist. Die Schön=
heit findet aller Orten ihr Vaterland.
Ich werde eine Mannsperson los kaufen,
wenn du nichts dagegen hast.

Zayde.

Meinetwegen, wenn es nicht anders
seyn kann.

Hassan.

Lebe indessen wohl, Zayde; ich will
Geld holen, denn für einen guten Mu=
selmann schikt es sich nicht, vor einem Ar=
menianer, zumal vor einem so geizigen,
als dieser ist, ohne baar Geld zu erscheinen.

Vier=

Vierter Auftritt.
Zayde, Fatme.

Zayde.

Mein Mann hat etwas vor, meine liebe Fatme, er will mir eine unvermuthete Freude machen, und ich stelle mich, als ob ich von allem nichts merkte. Ich will ihn auch überraschen. — Ich höre einen Lerm; es wird gewiß Kaleb mit seinen Sclaven seyn. Ich mag diese Unglükliche nicht sehen. Ihr Anblik würde mich zu sehr rühren. Folge mir Fatme, und richte mir alles genau aus, was ich dir befehlen werde.

Fünf-

Fünfter Auftritt.

Kaled, Dornal, Amelie, Andre, ein Spanier, ein Italiäner, alle in Ketten.

Kaled.

So hat man sich noch niemals um meine Waare gerissen, als heute. Man siehet wohl, daß lange keine Sclaven angekommen sind. Es muß gewiß bisher Friede auf der See gewesen seyn. Das war sehr betrübt!

Dornal.

O! Verhängniß! Den Tag vor meiner Hochzeit — meine liebste Amelie!

Kaled (der sich umsieht)

Nun was giebt es da? — Man sagt, daß es Länder auf dem Erdboden gebe,

wo

wo man die Sclaverei nicht kennt. Das
sind schlechte Länder! Würde ich da wohl
mein Glük gemacht haben? Ich habe
heut schon so ziemlich mit meiner Waare
verdient. Den alten Sclaven bin ich doch
endlich los, der immer so alte, ganz ver-
rostete kupferne Münzen im Sack trug,
die er mit vieler Aufmerksamkeit be-
trachtete. Man hat Mühe, bis man der-
gleichen Leute an den Mann bringt. Ich
bin schon eher damit angeführt worden.
— Daß ich den französischen Doctor glüklich verkauft habe, das freuet mich doch
auch. — Jezt wollen wir hinein gehen.
(zu den Sclaven) Kommt — Wer ist denn
aber der, der dort so eilends gelaufen
kommt? Das ist ja Nebi; er sieht ganz

zor-

zornig aus. Sollte er mit seinem Kauf
nicht zufrieden seyn?

Sechster Auftritt.
Die vorigen, Nebi.

Nebi.

Kaleb, ich komme euch nur zu sagen,
daß ihr entweder euren Sclaven wider-
nehmen und mir mein Geld zurük geben, oder mit mir zu dem Cadi gehen
müßt.

Kaleb.

Warum denn das? Von was für ei-
nem Sclaven redet ihr? Meynet ihr den
Handwerksmann? Oder den Kaufmann?
Die nehme ich ohne Umstände wieder.

Nebi.

Nebi.

Von denen ist die Rede nicht. Ihr stellet euch jetzt, als ob ihr von nichts wüßtet. Ich rede von eurem französischen Doctor. Gebt mir mein Geld wieder, oder geht gleich mit zum Cadi!

Kaled.

Wie so? Was hat er denn gethan?

Nebi.

Was er gethan hat? Ich habe in meinem Serail eine junge Spanierin, die jezt wirklich meine Favoritin ist. Sie befindet sich seit einiger Zeit nicht wohl. Wißt ihr, was er ihr verordnet hat?

Kaled.

Das weiß ich nicht.

B 2   Nebi.

Nebi.

Die spanische Luft hat er ihr ver=
ordnet. Was meynt ihr wohl, wie mir
der Vorschlag gefällt?

Kaled.

Ei, nun . . . . . die spanische Luft —
das heißt die Luft, die sie von Jugend
auf gewohnt ist. Wenn ich in meinem
Vaterlande bin, so befinde ich mich ge=
meiniglich recht wohl.

Nebi.

Was das für ein Narr von einem
Doctor ist! Der kann also die Kranken
nicht anders curiren, als wenn sie fünf=
hundert Meilen von ihm entfernt sind.
Der unwißende, dumme Mensch! Es
war ihm gerathen, daß er meinem Zorne
aus=

auswich. Er ist in meine Gärten ent-
flohen; aber meine Sclaven verfolgen
ihn und werden ihn euch hieher bringen.
Gebt mir nur mein Geld, mein Geld!

Kaled.

Euer Geld? O der Kauf ist ordentlich
geschlossen; der ist gültig.

Nebi.

Gültig sagt ihr? Nein, beym Maho-
med! Ich werde dismal gewis Recht bekommen. Ihr habt gewußt, daß ich einen Doctor nöthig hatte, nicht wahr?
Es war mir leid genug, daß ich meine
Zuflucht zu euch nehmen mußte. Aber
ihr solt mich nicht noch einmal betriegen.
Ihr meynt, es solte euch wieder so hin-

ge-

gehen, als verwichenes Jahr, da ihr mir
den Gelehrten verkauft habt.

Kaled.

Was vor einen Gelehrten?

Nebi.

Ja, ja! den Gelehrten, der nicht einmal Welschkorn von Gersten zu unter-
scheiden wußte, und der mich in einen
Verlust von sechshundert Zechinen gesezt
hat, weil er mir meine Aecker nach ei-
ner neuen Methode, die in seinem Lande
erfunden worden, besäet.

Kaled.

Ist denn das meine Schuld? Warum laßt ihr eure Aecker durch einen Gelehrten besäen? Meynt ihr etwa diese
Leute

Leute verstünden sich so gut darauf, weil sie so gelehrt davon plaudern können? Habt ihr denn keine Leute, die den Acker= bau verstehen? Ihr dürft sie nur gut füt= tern und ihnen Arbeit genug geben. Seht mir doch einmal, wie er jezt mit seinem Gelehrten angestochen kommt.

Nebi.

Und der andere, den ich euch habe mit Gold aufwiegen müssen, der immer fragte: - Wessen Sohn ist er? Wessen Sohn ist er? Wer ist sein Vater? Sein Grosvater? Sein Aeltervater? Er sagte, glaube ich, er sey ein Genealogist. Hat der Narr mir doch sogar weiß machen wollen, ich stammte von dem Grosve= zier Ibrahim ab.

B 4　　　　Kaled.

Kaled.

Das war ein großes Unglük! Was hat euch denn das geschadet? Ist es nicht einerlei, ob ihr von dem Ibrahim, oder sonst von jemand anders abstammet?

Nebi.

Das weiß ich alles wohl; aber wie habe ich ihn euch zahlen müssen?

Kaled.

Wie habt ihr ihn zahlen müssen? Es ist wahr ich habe ihn euch etwas theuer verkauft; er wird mir aber vermuthlich selbst im Einkauf theuer zu stehen gekommen seyn. Das ist überhaupt auch schon lange her; ich verstund mich damals noch nicht recht auf diesen Handel. Konnte

ich

ich denn das wissen; daß diejenigen, die mir selbst das meiste kosteten, gerad die unbrauchbarsten seyn würden?

Nebi.

Eine schöne Entschuldigung! Ist das wohl wahrscheinlich. Solte es wohl ein Land in der Welt geben, wo man so einfältig —— So muß man die Schelmstreiche bemänteln; so muß man sie bemänteln. Ich wundere mich nicht, wenn man auf solche Art reich wird.

Kaled.

Schelmstreiche bemänteln! — Reich werden! — Ja reich werden. Meynt ihr etwa es sey alles lauter Gewinnst? Wird man nicht beim Einkauf zuweilen so be-

B 5   tro-

trogen, daß man zum Bettler dabey werden könnte? Haben sie nicht hundert
Profeßionen, wovon man kein Wort ver-
steht? Habe ich nicht da den deutschen
Baron über dem Hals, den kein Mensch
kaufen will und der mir dort im Hause
unnützer weise das Brod frißt? Und der
reiche Engländer, der seine Milzsucht
durchs reisen curiren wollte, und der als
ich ihn nicht um fünf hundert Zechinen los
gab, sich den folgenden Tag vor meinen
Augen selbst ums Leben und mich um
mein Geld brachte. — Solte einem da das
Herz nicht bluten? Und der Doctor, wie
man ihn nannte, glaubt ihr, daß auf
den etwas zu gewinnen sey? Und habe
ich nicht auf der lezten Messe in Tunis
                                    die

die Narrheit begangen und einen Pro-
curator und drei Abbe's gekauft, die ich
nicht einmal auf dem Markt öffentlich
sehen laſſen darf, und die noch mit dem
deutſchen Baron in meinem Hauſe ſind.

Nebi.

Verdammter Ungläubiger! Du meynſt,
du willſt mich mit deinem Geplauder ab-
ſpeiſen; aber der Cadi wird mir Gerechtigkeit widerfahren laſſen.

Kaled.

O! ich fürchte mich nicht; der Cadi iſt
ein gerechter und verſtändiger Mann,
der das Comercium unterſtüzt und der
ſehr wohl weiß, wie ſehr der Sclaven-
handel in Verfall gerathen, weil der

Werth

Werth dieser Leute von Tag zu Tage
immer mehr fällt.

Nebi.

Hört Kaleb, einmal, zweymal — wollt
ihr euren Doctor wiedernehmen oder
nicht?

Kaleb.

Das bin ich gar nicht willens.

Nebi.

Nun gut wir werden es sehen.

Kaleb.

Ich will es erwarten.

Sie=

Siebender Auftritt.
Kaled und die Sclaven.

Kaled. (zu den Sclaven)

Da seht ihrs nun, was mann vor
Mühe hat, ehe man euch verkaufen kann;
was das vor ein verzweifelter Mann ist!
Der hat mir den Kopf recht warm gemacht
— Allem Ansehen nach werden heute
keine Kaufleute mehr kommen; wir
wollen hineingehen.—Wen höre ich denn
da? Ist das noch ein Kundmann?

Achter Auftritt.
Ein alter türkischer Sclave, und die vorige.

Kaled.

Ha, das ist ein Sclave aus der Nach-
barschaft, der wird nichts kaufen.

Der

Der alte Sclave.

Guten Tag Nachbar , ist das da euer Rest?

Kaled.

Halte mich nicht auf, du wirst mir doch nichts abkaufen.

Der alte Sclave.

Ich würde nichts kaufen, meynt ihr? O! das sollt ihr bald sehen.

Kaled.

Was sagest du?

Dornal. (bey Seite)

Ich zittere.

Der alte Sclave.

Habt ihr kein Frauenzimmer? So etwas mögte ich gerne haben.

Ka»

Kaleb.

Seht mir einmal den alten Geck an!

Der alte Sclave.

Ich sehe da nur eine.

Kaleb.

Und die ist nicht vor dich.

Der alte Sclave.

Warum denn nicht?

Kaleb.

Es sind schon ganz andere reiche Käufer da gewesen, denen ich sie versaget habe.

Der alte Sclave.

Mir werdet ihr sie doch verkaufen.

Kaleb.

Ja, ja, wir wollen sehen.

Dornal.

Dornal.

Sollte es möglich seyn! Wie? dieser Elende . . .

Der alte Sclave.

Wie hoch haltet ihr sie?

Kaled.

Vier hundert Zechinen.

Der alte Sclave.

Vier hundert Zechinen? Das ist doch theuer.

Kaled.

O! mein guter Mann, das ist eine Französinn; die verkaufe ich zehnmal vor einmal; alle Leute wollen Französinnen haben.

Der alte Sclave.

Ich muß sie doch einmal recht betrachten.   Kaled.

Kaled.
Sie ist gewiß nicht heßlich.

Der alte Sclave.
Sie schlägt die Augen nieder, sie weinet; ich bedaure sie, und sie ist doch nur eine Christin; das ist sonderbar. Dreyhundert und funfzig gebe ich.

Kaled.
Es gehet nichts ab.

Der alte Sclave.
Da ist Geld!

Kaled.
Nehmt sie mit.

Dornal.
Haltet ein ... O! meine liebste Amalie ... Haltet!

C.   Ka

Kaled.

Wilst du mich etwa hindern sie zu verkaufen? Ich werde warlich noch Mühe genug haben, bis ich dich an den Mann bringe. Euch Franzosen mögen die Män-ner hier zu Lande nicht kaufen: Ihr habt die schöne Gewohnheit an euch, daß ihr immer um die Serails herum schleicht und Kopf und Kragen daran waget.

Dornal.

Guter Alter, ihr scheint mir nicht ganz unempfindlich zu seyn; lasset euch bewegen. Vielleicht habt ihr selbst eine Frau und Kinder.

Der alte Sclave.

Ich? Nein.

Dor-

Dornal.

Ich beschwöre euch bey allem, was euch lieb ist, trennet uns nicht. Es ist meine Frau.

Der alte Sclave.

Eure Frau? Das macht einen Unterschied. (zum Kaled) Aber in Wahrheit Kaled, wenn sie seine Frau ist, so übernehmet ihr mich.

Dornal.

Ich bitte euch um alles in der Welt, kauft mich denn wenigstens nur mit.

Der alte Sclave.

Das wollte ich gerne thun, mein Freund, ich brauche aber nur ein Frauenzimmer.

Dornal.

Ich will euch treu dienen.

Der alte Sclave.

Du wilst mir dienen? Ich bin selbst ein Sclave.

Kaled.

Wie magst du dich doch mit ihnen auf-halten?

Andre.

Meine arme Herrschaft!

Amelie.

Ach! liebster Freund, welch ein Schick-sal!

Dornal.

Kaufet sie nicht; vielleicht kommt noch ein Reicher, der uns beyde miteinander nimmt.

Der

Der alte Sclave.

Das wäre noch übler für dich; der würde dich zu ihrem Wächter machen.

Dornal (zum Kaleb)

Könnt ihr den Kauf nicht noch einige Tage aufschieben?

Kaleb.

Was aufschieben! Man sieht wohl, daß du nichts von der Handlung verstehest. Wie kann ich das? Ich muß meinen Profit nehmen, wenn er mir angeboten wird.

Dornal.

Himmel ist es möglich! ... Was soll ich aber sagen um diesen Menschen zum Mittleiden zu bewegen? Was das vor

C 3   ein

einGewerbe ist! Was für Gemüther! Einen Handel mit seinesGleichen zu treiben.

Kaled.

Was redest du doch? Verkauft ihr denn nicht die Schwarzen? Nun, ich verkaufe jezt euch. Ist das nicht einerlei? Dabei ist weiter kein Unterschied, als daß ihr weiß seyd, und daß jene schwarz sind.

Der alte Sclave.

Ich habe warlich das Herz nicht . . .

Kaled.

Geh fort! Wilst du nicht etwa auch anfangen zu weinen? Ich habe einmal das Geld; nimm du meinetwegen deine Waare, wenn du wilst. Es ist schon spät.

Amelie.

Amelie.

Lebe wohl liebſter Dornal!

Dornal.

Liebſte Amelie!

Amelie.

Ich werde dieſes nicht überleben?

Kaled.

Das geht mich nun nichts mehr an.

Dornal.

Ich werde des Todes ſeyn!

Kaled.

Das eben nicht, wenn ich bitten darf!
Darauf habe ich nicht gerechnet. Wilſt du
es etwa auch ſo machen, wie der Engländer? (Er ſtößt den Dornal zurük)

Dornal.

O Gott! warum hindern mich die Retten!

Andre.

O meine theureste Gebieterin!

Neunter Auftritt.

Kaled, Dornal, Andre, der Spanier, der Italiäner.

Kaled.

Dieser Handel wäre also auch gemacht. Es ist ein Glück für mich, daß ich nicht so weichherzig bin, ich hätte sonst nicht widerstehen können. Warlich, wenn er kein baar Geld gehabt hätte, so hätte ich sie ihm nicht verabfolgen lassen, so sehr war ich gerührt. Zum Henker! wenn ich

mich

mich hätte erweichen laſſen, ſo wären die
vierhundert Zechinen nicht mein. Eins,
zwey,——— Jezt habe ich nur noch viere;
o! die will ich auch noch los werden.

Zehnter Auftritt.
Die vorigen, Haſſan.

Haſſan zum Kaled.
Wie gehts mit dem Commercio, Herr
Nachbar?

Kaled.
Nicht ſonderlich; es ſind ſchlechte Zei-
ten. (bei Seite) Man muß immer klagen.

Haſſan.
Das ſind alſo dieſe arme Unglückliche!
Ich kann ſie nicht alle loskaufen; das iſt
mir leid. Ich will wenigſtens ſuchen mein

C 5   gu=

gutes Werk an den rechten Mann zu
bringen. Das ist ein Pflicht — ja, ja,
das ist eine Pflicht. (zu dem Spanier) Wo
bist du her, du? Rede! du hast eine
sehr stolze Miene. — — Nun so ant-
worte doch!

Der Spanier.
Ich bin ein spanischer Edelmann.

Hassan.
Ein Spanier? Das sind brave Leute.
Ein wenig hochmüthig sollen sie seyn,
wie man mir in Frankreich gesagt hat.
Wer bist du denn?

Der Spanier.
Ich habe es bereits gesagt: Ein Edelmann.

Hassan.

Hassan.

Ein Edelmann; ich weiß nicht, was das ist. Was treibst du denn für ein Gewerbe?

Der Spanier.

Gar keins.

Hassan.

Desto schlimmer für dich mein Freund! Dar wird dir die Zeit lang genug währen. (zum Kaled) Da habt ihr keinen guten Kauf gethan, Herr Nachbar.

Kaled.

Da sieht man es nun! Bin ich nicht schon wieder betrogen! Ein Edelmann; das wird ohne Zweifel eben so viel sagen wollen, als ein deutscher Baron.

(Zu

(zu dem Spanier) Ist das nun nicht deine Schuld? Mußtest du es ihm denn sagen, daß du ein Edelmann bist. Jezt werde ich dich nimmermehr los werden.

Hassan (zu dem Italiäner)

Und wer bist denn du da, in deinem schwarzen Wamms? Wo bist du her?

Der Italiäner.
Ich bin von Padua.

Hassan.
Von Padua? Das Land kenne ich nicht. — Was hast du denn gelernt?

Der Italiäner.
Ich bin ein Rechtsgelehrter.

Haf-

Haſſan.

Ganz gut; aber was iſt denn dein ei-
gentliches Geſchäfte?

Der Italiäner.

Mich vor Geld in anderer Leute Hän-
del zu miſchen, und wenn alles recht ver-
wirrt iſt, ſie glücklich zu endigen, oder
auch nach Beſchaffenheit der Umſtände
zehn, funfzehn auch wohl zwanzig Jahre
lang aufzuhalten.

Haſſan.

Ein vortrefliches Handwerk! Aber
ſage mir doch, dienſt du denn ohne Un-
terſchied beiden Theilen, ſowohl dem, der
Recht hat, als auch dem, der Unrecht
hat?

Der

Der Italiäner.

Allerdings; die Gerechtigkeit ist für jedermann.

Hassan.

Und man duldet dieses in Padua?

Der Italiäner.

Warum nicht?

Hassan (lachend)

Das ist ein artig Land, das Padua! Man wird deinen Verlust eben nicht sehr bedauren, glaube ich. (zum Andre) Und du, wer bist denn du?

Andre.

Ich bin gar nichts — Ich bin ein armer Mensch.

Has-

Haſſan.

Du biſt arm, ſageſt du? Du arbei-
teſt alſo gar nicht.

Andre.

Mein Vater war leider nur ein Bau-
er, und ich bin es auch geweſen.

Kaled.

Gut; das ſind die rechten Leute vor mich.

Andre.

Ich bin nachher bei einem rechtſchaf-
fenen Herrn in Dienſten gegangen, der
aber noch unglücklicher iſt, als ich.

Haſſan.

Das kann wohl ſeyn; er wird vielleicht nichts vom Ackerbau verſtehen.
Aber deine Kleidung iſt ja franzöſiſch.

                                    An-

Andre.

Ich bin auch ein Franzose.

Hassan.

Du bist ein Franzose? O! das sind gute Leute die Franzosen; sie hassen niemand. Du bist ein Franzose mein Freund? Das ist genug; dich will ich loskaufen.

Andre.

Edelmüthiger Muselmann, wenn ihr denn doch einen Franzosen loskaufen wollt, so wählet einen andern als mich. Ich habe weder Vater, noch Mutter, weder Frau, noch Kinder. Ich bin des Unglücks und der Sclaverei gewohnt; ich bin so viel nicht zu beklagen. Kauft lieber meinen armen Herrn los.

Has-

Hassan.

Deinen Herrn? Was höre ich! —
Welche Grosmuth! — Wie! — Diese
Franzosen ... solten sie alle so gesinnet
seyn? — Wo ist denn dein Herr?

Andre.

Da seht ihr ihn; er ist vor Kummer
und Betrübniß ganz ausser sich.

Hassan.

Warum redet er nichts? — Er ver-
birgt sich; — er wendet das Gesicht weg.
— Er schweigt noch immer stille. (Hassan tritt näher und betrachtet ihn wieder seinen
Willen) Ist es möglich? Ich irre nicht —
nein, er ist es selbst, mein Erretter. (Er
umarmt ihn auf das zärtlichste)

D   Dor-

Dornal.

O glücklicher Zufall! O unvermuthete Zusammenkunft!

Kaled.

Wie sie sich umarmen! Er hat ihn also lieb; gut! Er soll ihn auch bezahlen.

Hassan.

Ich kann mich gar nicht von meiner Freude erholen. Mein Freund! Mein Erretter!

Kaled.

Zum Henker! Ein Freund, ein Erretter! Das ist etwas werth, der muß mir gut bezahlt werden.

Hassan.

Aber sagen Sie mir doch, wie ist es möglich?

lich? — Durch was für einen glücklichen Zufall? — Was rede ich? Ich bin ganz ausser
mir. Wie, ich habe also das Glük, Ihnen
selbst diesen Gegendienst zu leisten? Ich
habe ein Gelübde gethan, jährlich einen
Christen-Sclaven loszukaufen. Ich kam
hieher mein Versprechen zu erfüllen, und
jezt sind Sie es...

Dornal.

Ach mein Freund, vernehmen Sie mein
ganzes Unglück.

Hassan.

Unglück! O! von diesem Augenblick an
sind Sie nicht mehr unglücklich. (er wendet
sich auf die Seite zum Kaled) Wie viel verlangt ihr für ihn?

Ka-

Kaled.

Fünf hundert Zechinen.

Hassan.

Fünf hundert Zechinen! — Kaleb, ich handle um meinen Freund nicht; da, hier ist das Geld.

Dornal.

Welche Grosmuth!

Hassan (zum Kaleb)

Mein ganzes Vermögen hätte ich für ihn gegeben, wenn ihr es verlangt hättet.

Kaled.

Was bin ich vor ein dummer Hund! Das ist eine Lehre vor die Zukunft.

Hassan.

Laßt uns jezt nur ungestöhrt, ich bitte euch,

euch, damit ich meinen Wohlthäter recht umarmen kann.

Kaled.

O! das ist nicht mehr als billig; das ist billig. Er gehöret euch ganz zu. Kommt ihr andern, folget mir.

Andre (zum Dornal)

Leben sie wohl, mein werthester Herr!

Dornal.

Was sagest du? Kannst du glauben? — (zum Hassan) Liebster Freund, dieser arme unglückliche Mensch — Sie haben es gesehen und gehöret, wie treu, wie ergeben er mir ist, und was er für ein vortrefliches Herz hat.

Has=

Hassan.

Nicht anderst; nicht anderst; ich muß ihn auch loskaufen.

Kaled.

Was das für ein Mann ist! Wie der mit seinem Geld so freygebig ist! Wenn ich vielleicht bey dieser Gelegenheit auch meinen Baron loswerden könnte ——— Aber er wird ihn wohl nicht nehmen.

Hassan.

Da, Kaled, habt ihr auch für diesen.

Kaled (der die Zechinen betrachtet)

Nein! in Wahrheit Nachbar, das ist nicht genug.——

Hassan.

Wie! hundert Zechinen nicht genug für einen Bedienten?

Kaled.

Ja — ein Bedienter — am Ende ist er doch ein Mensch, wie ein jeder anderer.

Hassan.

So? Jezt ist es Zeit eure Moral anzubringen.

Kaled,

Ja, und er ist noch darzu ein treuer Bedienter, der ein gutes Herz hat, der arbeiten, und das Feld bauen kann, und der kein Edelmann ist. — Auf mein Gewissen!

Hassan (der ihm noch einige Zechinen giebt)

So geht denn doch nur, und laßt uns

D 4

in

in Ruhe. Worauf wartet ihr denn noch?
Was wollt ihr?

Kaled.

Hört Nachbar, ich habe zu Hause noch
einen armen Schelm; er ist sonst ein
braver Mensch; der sitzt nun schon seit drei
Jahren bey Wasser und Brod. Das Herz
thut mir weh! Er sagt, er wäre ein
Baron. Da ihr doch so gutherzig seyd,
so könntet ihr wohl.——

Hassan.

Ich kann nicht alle Leute loskaufen.

Kaled.

Ich geb' ihn euch um die Hälfte.

Hassan.

Es kann unmöglich seyn.

Ra=

Kaled.

Wer hätte es denn nur glauben sollen, daß mir der Mensch über dem Hals
bleiben würde? O! man soll mich gewiß
nicht zum zweitenmal auf diese Art an-
führen. — Nun du Rechtsgelehrter, und
du Edelmann, geht ihr herein und legt
euch schlafen, ich muß jezt zu Nacht essen.

Eilfter Auftritt.
Hassan und Dornal.

Hassan.

Liebster Freund, jezt will ich Sie zu
meiner Frau führen. Wissen Sie, daß ich
verheirathet bin? Ihnen bin ich dieses
Glück schuldig. Und wie ist es denn Ih-

D 5   nen

nen mit der jungen Person ergangen, die
Sie von Maltha holen wollten?

Dornal.

Ich habe sie verlohren.

Hassan.
Was sagen Sie mir?

Dornal.

Ich wollte sie nach Marseille führen,
um mich dort auf ewig mit ihr zu verbinden ; sie hat aber mit mir einerlei
Schickſal gehabt.

Hassan.

Hat sie denn der Armenianer nicht
auch gekauft?

Dor-

Dornal.

Ja.

Hassan.

Lassen Sie uns denn geschwinde zu ihm gehen.

Dornal.

Es ist schon zu spät; der Unmensch hat sie verkauft.

Hassan.

An wen?

Dornal.

Ich weiß es nicht; ein Sclave der vermuthlich bey einem reichen Herrn ist, hat sie meinen Armen entrissen.

Has.

Hassan.

Unglücklicher Freund! Der wird sie gewiß für einen Pacha gekauft haben. Ist sie schön?

Dornal.

Ob sie schön ist?

Zwölfter Auftritt.
Die vorigen und Zayde.

Zayde.

Du läßt mich sehr lange allein, mein Liebster; und wo ist denn dein Christen-Sclave?

Hassan.

Mein Sclave? Es ist mein Freund, mein Erretter, den ich dir hier vorstelle.

Ich

Ich bin so glücklich gewesen, ihm einen gleichen Dienst leisten zu können.

Zayde.

Edelmüthiger Fremdling, ich bin ihnen die ganze Glückseligkeit meines Lebens schuldig.

Dreyzehender Auftritt.
Die vorigen und Fatme.

Fatme. (zu Zayden)

Ist es Zeit? Soll ich sie herein kommen lassen?

Zayde.

Ja, du kanst. —

Vier=

Vierzehender Auftritt.
Zayde, Haſſan und Dornal.

Haſſan.
Was iſt das für ein Geheimniß?

Zayde.
Du haſt mich doch immer in Verdacht
gehabt, mein lieber Haſſan, als ob ich
eiferſüchtig ſey.   Ich will dir jezt einen
Beweis von meinem Zutrauen geben. Ich
habe von dem Geld, das du mir geſchenkt
haſt, eine Chriſten-Sclavin gekauft. Ich
kam hieher, um ſie dir vorzuſtellen, damit ſie ihre Freyheit von deiner Hand
empfange.

Lez=

Lezter Auftritt.

Haſſan, Zayde, Dornal, Fatme,
eine Chriſten-Sclavin, die als eine
Türkin gekleidet und mit einem
Schleyer bedekt iſt.

Zayde.

Da iſt ſie; du ſieheſt hier den rührend-
ſten Auftritt: Eine Schönheit, die durch
die Betrübniß neue Reize bekömmt.

Haſſan (nähert ſich ihr und hebt ihr den
Schleyer auf.)
Wie ſie ſo ſchön iſt!

Dornal.

Himmel ! Amelie! — (Er läuft in ihre
Arme).

Ame-

Amelie (voller Freude)
Was sehe ich! meinen liebsten Dornal!

Dornal.

Theuerste Amelie, Sie sind frey! Ich bin es auch. Sie befinden sich hier bey Ihrer Wohlthäterin, bey meinem Erretter (er springt dem Haffan um den Hals, und will auch die Zayde umarmen, die aber bescheiden zurücktritt.)

Haffan (zum Dornal)
Umarmen Sie sie nur; es ist Ihnen erlaubt. (zu Zayden die gantz betroffen ist) Es ist der Gebrauch so in Frankreich, mein Kind.

Amelie. (zu Zayden)
Ich bin Ihnen alles schuldig, Madame.
Könnte

Könnte ich Ihnen auch mein Leben an-
bieten!

Zayde.

Ich bin vielmehr Ihre Schuldnerin;
Sie haben mir nur Ihre Freyheit zu dan-
ken, ich aber bin Ihrem Gemahl die Freyheit des meinigen schuldig.

Amelie.

Wie? Er ist es —

Hassan.

O! das ist ganz unglaublich! Doch, um
auf etwas anders zu kommen (zum Dornal) Sie sind noch nicht verheirathet?

Dornal.

Nein, das sind wir nicht; wir müßen

E   uns

uns dieses Vergnügen bis zu unserer Zu-
rückkunft in unser Vaterland ersparen.
Eine von ihren Tanten begleitete uns;
die ist aber auf der See gestorben.

Hassan.

Geschwind einen Cadi her, einen Cadi!
— Aber es ist wahr, es gehet ja nicht
an; diese Kleidung hat mich verführt.

Dornal. (zu Amelien)

Meine liebe kleine Türkin, wann werden wir wieder auf christlichem Grund
und Boden seyn? Ach mein Gott! un-
sere arme Reisegefährten!

Hassan.

Wenn ich reich genug wäre. — Aber
der Rechtsgelehrte, und der andere,
glaube

glaube ich, werden nicht hoch kommen,
nicht wahr?

Dornal.

Nicht doch, wir werden sie wohlfeil
bekommen.

Fatme.

Sie bekommen sie gewiß wohlfeil. Ich
habe eben jezt den Armenianer gesprochen, er begehrt sie nicht höher als um
den Einkaufpreis anzuschlagen.

Dornal.

Und überdem bin ich reich genug, und
ich glaube schon —

Hassan.

Wir wollen sie also loskaufen. (zu
Fatme) Gehe, führe sie hieher, daß sie un-
sere

sere Freude mit uns theilen. Sie sollen
auch glücklich seyn, und mögen es uns
verzeihen, daß wir einen Dollmann an-
statt einem kurzen Rock tragen.

Fatme führet den Armenianer herbey, der so-
wohl von denen Sclaven, die schon in diesem
Stück zum Vorschein gekommen, als auch von denen, von welchen nur die Rede gewesen, begleitet
wird. Sie bezeugen der Zayde, dem Hassan
und Dornal ihre Freude und Erkennt-
lichkeit, und alles endiget sich mit
einem Ballet.